Marianne

Monologue

COPYRIGHT

© 2023 Magdalena Montesino

Édition : BoD – Books on Demand, info@bod.fr
Impression : BoD – Books on Demand, In de Tarpen 42, Norderstedt (Allemagne)

Impression à la demande

Illustration : Image libre de doits

ISBN : 978-2-3222-2225-4
Dépôt légal : juillet 2023

Magdalena Montesino

Marianne

Monologue

NOTE

Ce monologue fut joué pour la première fois à l'Espace Beaujon, à Paris, le huit & dix novembre 2022 grâce à la Compagnie de l'Arme Blanche & au label Pangée Records.

Il a été interprété par Alexandre Garra-Brout, sur une première mise en scène de Julia Bosnet avec laquelle j'ai poursuivi le travail. Le décor de Sophie Inard, ainsi que la bande-son de Sébastien Gorvel, ont apporté une profondeur au texte initial.

La première version écrite de Marianne fut retravaillée avec l'aide de Guillaume Clere, à Lyon, lors de mon retour de la ville d'Hambourg où je m'étais installé.

Je tiens à remercier toutes les personnes qui ont participé de près ou de loin à cette pièce & qui m'ont encouragé pendant toutes ces années.

Merci de m'avoir laissé donner corps à cette histoire qui habitait quelque part en moi.

Pour ma Grand-Mère, Elisabeth.

2016

PERSONNAGES

MAX :   Mari de Marianne

MARIANNE :   Apparition à la fin de la dernière scène

DÉCORS

UN LIT VIDE AVEC UN GROS COUSSIN : Symbolique de Marianne

UNE CHAISE

UNE TABLE DE NUIT AVEC UN GLOBE TERRESTRE LUMINEUX

UNE VALISE VIDE SOUS LE LIT

Scène 1 : La Toilette de Marianne

MAX :

Moi, j'aime bien faire la toilette de Marianne. Mon moment préféré, c'est quand je lui nettoie les oreilles avec un coton tige humide et très chaud. Elle aime bien, ça se voit sur son visage. Ses belles rides se tordent de plaisir. Un peu comme un bébé qui essaie de sourire et qui n'y arrive pas. C'est notre truc à tous les deux, notre petit plaisir secret.

La partie la plus technique, c'est de débrancher Marianne pour l'habiller. Il faut ensuite tout rebrancher et sans se tromper. Je triche, je mets du scotch de couleur sur les tubes et les sondes. Le rouge avec le rouge, le bleu avec le bleu, le vert avec... Avec quoi ? Le scotch s'est décollé. De toute façon il ne reste plus qu'une sonde à relier, CQFD. Le tube avec le scotch vert, il va sur la sonde sans le scotch vert. Tu vois, tout est sous contrôle, ton Max il est là.

Marianne, elle est très coquette. Toujours très belle, très élégante. Résultat, j'ai appris le maquillage. J'aime bien la maquiller. Quand je le fais, très légèrement, j'ai l'impression de la rendre plus belle. C'est bête, mais j'ai l'impression de me sentir plus beau aussi. Il ne faut pas lui dire mais parfois... j'essaie son maquillage. Au moins je suis sûr, ça ne lui abîmera pas la peau. C'est important la qualité !

Le plus compliqué dans tout ça, c'est de ne pas tremper les draps quand je la lave. Je dois l'avouer, je suis un peu maladroit. Marianne me dit toujours « Tu as trois bras gauches ». D'ailleurs, je n'ai jamais trop bien compris pourquoi elle me disait ça. Trois bras ? Elle a beaucoup d'imagination faut dire. Des tonnes.

Le soir de notre rencontre, c'est elle qui m'a embrassé. Eh oui. Elle m'a posé sur une chaise et m'a joué la scène la plus surprenante de toute ma vie. Elle m'appelait « atome ». Bizarre. Elle, tournant autour de moi, elle parlait d'électro je sais plus quoi. Et elle tournait, et elle tournait... Elle n'arrêtait pas de tourner avec plein de mots scientifiques. À la fin, elle s'est arrêtée. Elle m'a demandé si je savais ce que c'était la fission nucléaire. Moi, idiot, je n'ai pas su quoi répondre. Et là, Paf! Elle m'a embrassé. Je n'ai jamais vraiment trop bien compris le coup de la fission nucléaire, surtout de la part d'une fleuriste. Surtout pour un baiser. Elle a beaucoup d'imagination faut dire. Des tonnes.

Vous verriez ses bouquets de fleurs. C'est une grande artiste. Elle raconte une histoire à chaque fois, avec de la couleur, avec des mots pleins de poésie : pensées, lys, rose, rhododendron, violette, ancolie, clématite, hortensia, iris, jasmin, pieds d'Alouettes, narcisse...

Marianne, elle écoute plein de musique aussi. Surtout de la chanson française. Moi je n'aime pas la chanson française. Je ne comprends jamais rien à la morale de l'histoire. Mais bon, Marianne elle aime, et ce que Marianne aime et bah... je l'aime aussi. Pas pareil, mais un peu quand même. Alors je lui laisse la radio. Ça fait voyager la musique. Et puis je me dis qu'elle doit chanter aussi, à l'intérieur, ça doit être joli.

Cet après-midi, il faut que tout soit bien rangé. Il y a l'infirmière qui va venir. Le docteur venait aussi avant, maintenant ce n'est plus que l'infirmière. Il m'a expliqué pourquoi le docteur. L'infirmière aussi, mais avec elle je comprends toujours mieux. Avec le docteur, je ne sais pas si je comprends. Mais moi, je ne veux pas qu'il mette encore Marianne à l'hôpital, alors je fais semblant de tout comprendre et je dis toujours que je verrai avec l'infirmière. Comme ça je ne l'embête pas et il me laisse Marianne. De toute façon il passe plus le docteur, il est très occupé comme il a dit.

La dernière fois que j'ai renversé l'eau de sa toilette sur ses draps, ça doit remonter à la Noël. Faut dire que j'étais si excité par l'ambiance générale des fêtes, et hop ! J'ai renversé la bassine d'eau sur son lit. Trois bras gauches comme elle dit. Je sais qu'elle a trouvé ça drôle Marianne parce qu'elle a passé le dîner à sourire. Elle a même ouvert les yeux quelques instants. Ce n'est pas souvent qu'elle le fait. Ça, c'était mon cadeau de Noël à moi.

Aujourd'hui, j'ai habillé Marianne avec sa robe bleue. Elle aime bien porter des robes colorées. Je dois avouer que c'est plus pratique pour l'habiller. La dernière fois que j'ai essayé de lui mettre un pantalon, j'ai passé un quart d'heure sur juste une jambe. Faut dire, j'étais un peu con, c'était une coupe « slim » qu'y avait écrit sur l'étiquette.

Scène 2 : Le Marché

MAX :

Oui, je sais. Je ne dois pas oublier de prendre le rôti pour demain midi. Oui, je sais tout ça Marianne. Et puis, cette satanée cravate m'énerve. Quelle idée de mettre une cravate pour faire le marché. Tu aimes bien que je sois élégant ce jour-là mais y a des fois, je te jure.

Oui, je connais la liste par cœur. Je passe en premier chez le vendeur de fruits et légumes. Oui celui qui ne fait que du « bio ». D'ailleurs je voudrais te dire que ton « bio » ... il n'est pas donné. Je ne comprends toujours pas comment des mecs qui remplacent l'engrais par de la bouse de vache peuvent te faire payer plus cher le kilo de carottes. Je ne sais où ils achètent leur bouse mais elle doit coûter très cher.

Donc je reprends ! Fruits et légumes chez les hippies du Vercors, puis le rôti chez le boucher qui va encore me tenir la grappe...
« Alors Monsieur Max, vous voulez un rôti ? Je vous mets un beau morceau cette fois ? » Ça veut dire quoi !? Que la dernière fois il m'a donné un morceau de merde ? Après ça, je vais encore avoir le droit à ses grandes réflexions « Y a plus de saison ! Y a plus de jeunesse ! Et les impôts ! Et la racaille... mais attention j'suis pas raciste ! ».

Oui Marianne, je me calme. Mais non je ne suis pas mal luné. Ce n'est pas ça. Non, rien à voir. Ok, Ok... Juste, la dernière fois, la vendeuse de l'Atelier des Pains, tu sais en haut de la rue. Comment dire... Elle m'a proposé de prendre un café avec elle pendant sa pause. J'ai dit oui, et je n'y suis pas allé. Je n'ai pas osé t'en parler avant. Je ne sais pas quoi dire. J'te promets que je ne ressens rien pour elle. Certes, elle est très jolie et très polie mais c'est tout. Mais non, je ne suis pas attiré par elle. C'est juste que je lui ai déjà posé un lapin alors que j'voulais une tradition bien cuite. Je me sens un peu nul envers elle. Et puis je m'en veux de te l'avoir caché.

Arrête maintenant ! Je te dis d'arrêter, je ne veux pas entendre ça de ta bouche. Non je n'ai pas besoin de rencontrer quelqu'un d'autre. Tu ne vas pas t'y mettre toi aussi ! J'ai l'impression d'entendre nos vieilles mères. Ces vieilles biques qui passent leurs temps à dire « fais ci », « fais pas ça ». Je n'ai pas besoin d'une deuxième femme et puis c'est tout. Ça peut se comprendre ça que je n'ai pas envie. Tu sais quoi, je vais aller à l'autre boulangerie, celle de l'avenue Jean Jaurès. Le pain là-bas, il est aussi infect que les vendeuses. Au moins si on me propose un café je pourrai dire non.

Bon, tu sais quoi, aujourd'hui ça sera sans cravate. On ne va pas s'engueuler pour rien ce week-end. Je vais en profiter pour t'acheter des fleurs, un gros bouquet de Jasmin. Je les mettrai là, entre les roses que je t'ai achetée la veille et les camélias que je te prendrai demain. Ça mettra un peu de soleil dans le salon, tu crois pas ? Et puis je vais en profiter pour t'acheter de nouveaux draps, avec plein de couleurs. Ce n'est pas un hôpital ici, c'est chez nous ! Avec cette pluie, le jasmin ça sera notre façon de résister à l'hiver. Tu sais très bien que j'ai toujours un peu le cafard l'hiver.

Oui, Marianne, je sais, l'hiver c'est ta saison préférée. Mais ne t'inquiète pas, on va bientôt tout décorer. Je te promets que cette année, le petit Jésus, il aura la plus belle crèche du monde entier. Je suis sûr que d'ici à Jérusalem on sera dans le Top Ten des plus belles crèches.

Marianne, je prends aussi du poisson ? Tu sais que je n'aime pas trop ça le poisson.

Scène 3 : Le Dimanche Soir

MAX :

Tous les dimanches soir je prends le coussin de Marianne. Tous les dimanches soir je m'assois avec le gros coussin sur le fauteuil. Tous les dimanches soir, je ne sais pas. Tous les dimanches soir, je l'aime beaucoup plus que les autres soirs Marianne. Je me dis qu'elle a besoin de moi. Je me dis qu'elle souffre aussi. Avant, Marianne, elle courait partout, elle riait, elle parlait de fleurs. Maintenant, Marianne, elle ne bouge plus, elle ne rigole plus, elle ne parle plus. Tous les dimanches soir on se demande si on ne devrait pas se séparer. Pas pour moi, mais pour elle. Je le sens, elle n'est pas heureuse comme ça. Je la retiens dans le passé. Tous les dimanches soir je prépare sa valise, de quoi tenir une semaine ou deux.

Ça parait bête mais on ne sait jamais quel temps il va faire pendant un voyage. Tu n'as pas une idée toi Marianne ? Tu sais quoi, je vais faire moitié moitié. Je vais prendre au cas où deux de tes pulls préférés. Tiens, celui avec le gros Mickey. C'est dingue, il est toujours aussi curieux qu'au premier jour. Tu en as de l'imagination. Y'a que toi qui trouves qu'un pull de Mickey c'est pas ringard. Je te prends aussi deux robes et une mini-jupe. Quand je te vois avec celle-là je suis comme un fou, j'ai l'impression d'avoir vingt ans moi aussi. Ta mini-jupe c'est mon pull de Mickey à moi.

Puis je finis sa valise, je la pose au pied de son lit. Je reprends le gros coussin et je me rassois sur le fauteuil. Je fais ça tous les dimanches soir. C'est notre petit rituel à tous les deux. Tous les dimanches soir, je ne sais pas. Tous les dimanches soir, je l'aime très très fort ma Marianne.

Tous les dimanches soir je joue avec le globe. C'est la planète Terre en lumière de chevet. Ça projette l'ombre des continents dans notre chambre. À ce moment-là, les ombres du monde dansent sur les murs. C'est notre façon à nous de partir à l'aventure. Tous les dimanches soir je fais tourner le globe pour savoir où elle va partir en voyage. Et pof ! Encore une fois je tombe sur un pays avec un nom à la con. Un truc qui finit en - kardjan. Mais comment s'habiller dans un pays que vous ne connaissez même pas ?

Tous les dimanches soir j'attends avec elle, son gros coussin dans les bras. Je me dis qu'une voix va sortir pour dire « Les prochains passagers sont appelés à se présenter à la porte d'entrée ». Mais bon, à par le bruit du réveil qui fait tic-tac, il n'y a pas grand-chose. J'attends, je surveille que personne ne vole la valise de Marianne. Et j'attends à nouveau.

Quand je n'en peux plus je deviens fou. Ce n'est pas croyable, on attend toute une vie pour faire un voyage et les avions ne sont même pas capables d'être à l'heure. Si c'est comme ça on va voir ce qu'on va voir, je vais demander à me faire rembourser ton billet ! Je fonce de suite à la porte d'embarquement « Non, je ne parlerai qu'à un responsable ! J'exige qu'on rembourse le billet de ma femme sur le champ et sans discussion. Pardon ? Une première classe ? »

Marianne, le responsable t'offre la première classe avec champagne et tout et tout. On fait quoi ? C'est toi qui prends l'avion de toute façon, moi je ne fais qu'attendre avec toi. D'accord, c'est toi qui décides. Je prends la première classe monsieur et j'accepte, au nom de ma femme très polie, toutes vos excuses pour la gêne occasionnée.

Tous les dimanches soir, j'emmène Marianne à la porte d'embarquement. Et puis on reste là, tous les deux, à tenter de faire nos adieux. Elle ne veut plus partir et moi je veux qu'elle reste. Mais elle doit y aller si elle ne veut pas louper son avion. J'appuie doucement le gros coussin sur son visage, elle part une première fois. Son bras se tend. Je retire le coussin, elle revient. Marianne dit que de toute façon ça peut attendre. Moi je lui dis non, c'est l'heure, elle doit partir. J'appuie de toutes mes forces. Elle s'envole. Son mascara coule au coin de ses yeux. Je m'écroule. Elle a raté son avion.

Marianne ne veut pas faire le voyage sans moi. Elle dit que là-bas, si je ne suis pas avec elle, elle ne pourra pas profiter... Que tout ça ne rime à rien. Elle dit que je suis fou. Tous les dimanches soir, je défais la valise de Marianne.

Scène 4 : La Ville Imaginaire

MAX :

Souvent Marianne me parle d'une ville imaginaire où elle aime se réfugier quand ça ne va pas. On peut y aller n'importe quand et de n'importe où : de sa boutique, de la chambre, de dehors. Même du lit. Marianne n'a jamais voulu me dire le nom de cette ville. Je suis sûr qu'elle est là-bas en ce moment. Elle arrive même à y vivre des fois. Pour de vrai, dans sa tête à elle. Moi, je ne suis pas assez intelligent pour créer tout un monde. Alors elle m'invite parfois dans le sien.

Souvent dans mes rêves, j'ai l'impression qu'elle me conduit à l'entrée de la ville. C'est un monde tellement vaste. Marianne me guide, m'emmène sur une longue mer asséchée. Des piliers supportent un ciel aux couleurs étranges. C'est elle l'architecte. Au bout d'un moment, des murs se dressent devant nous. Il ne faut pas le dire, mais il y a un passage secret. Devant l'entrée, elle me demande de faire attention. Dedans c'est dangereux, il y a des personnages bien trop sombres et des fatalités bien trop poétiques. Elle me dit de rester près d'elle. Si je rentre, elle a peur que je me perde. J'accepte.

Elle a beaucoup d'imagination, et moi pas tant que ça. Et comme je l'aime, et comme elle m'aime... et bah on partage mes questions et ses réponses. Comme ça c'est plus loyal, on peut courir ensemble plus longtemps. Marianne, elle est fleuriste mais elle aime beaucoup les livres, la musique, le théâtre, la danse, la philo, la mythologie... Elle me parlait souvent de ses auteurs préférés, des goûts et des odeurs qui viennent avec les mots. Je ne comprends pas tout. Mais je l'aimais. Alors j'essayais. J'écoutais. Marianne, elle me rend intelligent, elle me fait voyager. J'ai l'impression d'être plus grand avec elle.

Maintenant, quand on se parle, c'est différent. Mais moi je ne veux pas. Si c'est plus toi qui me racontes tout ça, c'est moi qui vais le faire. Moi aussi j'ai des choses à raconter. Bon, je ne lis pas, la musique bof, le théâtre je n'y connais rien. Mais je peux au moins essayer d'inventer une histoire. Comme toi. Y mettre tout plein d'imagination. Je vais te copier avec l'idée de la ville imaginaire. La mienne aussi elle sera grande, sur plusieurs niveaux, comme dans les films de science-fiction. Faut bien trouver un début. Bon, je reprends : l'histoire commence au niveau -2 de la vieille ville. L'histoire s'appelle...

Tu as une idée de titre Marianne ?

Scène 5 : Le Film

MAX :

Cette odeur... Celle du vent, celle qui nous frappait le visage il y a longtemps. Tu te rappelles. Je pourrais le respirer jusqu'à l'ivresse. Il y a du Soleil et de la Lune, de la mer et des montagnes. Il y a même un peu de tes fleurs là-dedans. Tu sens Marianne ? Oui, oui, c'est bien ça, du magnolia qui explose. Tout pareil à notre premier soir.

Tu te rappelles comment j'étais habillé ? Eh bah, presque comme ça. Non, je n'avais pas encore l'air si gros, mais j'étais aussi dépareillé qu'aujourd'hui. Je crois qu'à l'époque je portais un pantalon rouge vif avec une chemise américaine jaune pétant. Tu te rappelles ?

C'était une nuit comme dans les vieux films. Il y avait nous deux. Boum ! Du premier regard on a eu envie de se sauter dessus. Comme dans les films, tu avais une vieille bagnole et moi une coupe mulet. Comme dans les films, un paysage de dingue, la Californie. Comme dans les films, une intrigue, lequel de nous deux va faire le premier pas. Et là : Bim, Bam, Boum. Ton histoire d'atome et une happy end. Explosion de bisous. Même les Américains ils font pas aussi bien que nous. Parce que nous c'était pour de vrai, on était vraiment heureux.

Le problème c'est que le film, il est devenu jaloux de Marianne et moi. Il faut dire que notre histoire finissait trop bien. Maintenant ce qui marche, ce sont les films compliqués, avec plein de problèmes et plein de larmes. Le film voulait plus de drame, plus de chaos. Surtout pour Marianne et moi. Big Badaboum pour elle. Le film se poursuit mais y'a plus que moi dans l'équipe. Tout le monde a quitté le plateau. Et toi, Marianne tu ne peux plus rien faire pour m'aider. Même si tu m'aimes. Ce n'est pas grave, je vais réécrire la fin du scénario pour toi. Tu vas revenir prendre le premier rôle et moi je serai ton amant. Ça c'est bien comme suite ! Je suis sûr que Marianne elle va assurer.

Tu sais Marianne ce que j'ai le plus envie de voir dans notre film, c'est le générique. Surtout les remerciements. On va faire plaisir à tout le monde. Tu les imagines les amis en voyant leurs noms à l'écran. La tête que feront tes parents. Je veux être là, ne rater aucun instant. Je veux voir leurs yeux pleins de joie à la vue de leurs noms et prénoms sur l'écran géant. On y glissera même quelques surnoms, histoire de faire rire. Les amis pourront dire avec fierté qu'ils ont participé au film de Max & Marianne.

Le monde entier pourra dire que c'était du grand Amour.

Scène 6 : Sur un air de tango

MAX :

Moi, si je devais écrire la fin de l'histoire, de notre histoire avec Marianne, je crois que le plus important ça serait une scène finale pleine de joie. Un changement d'ambiance radical. Refaire notre grand voyage de noce, revivre l'Argentine. Je t'avais promis qu'on y retournerait un jour. Et chose promise, chose due.

T'en penses quoi Marianne ? Tu as raison, on va balancer la mélancolie au vestiaire. Adieu tristesse ! Pour cette fin il n'y a plus de lit médicalisé. Pour la peine je le défais, j'en ai marre de tous ces fils ! Comme ça on a l'impression que c'est un vrai lit, comme notre chambre à Buenos-Aires. Elle est pleine de vie, avec des galipettes et des nuits d'amours dans les draps. Marianne, la magie commence, alors accroche-toi bien. Nous voilà dans les rues du quartier Doloroso ! Tu te souviens ? C'est le coin des Italiens, ils tiennent la place. Tu entends ? Ça se rapproche. Oui, c'est un Tango Passionado, le vrai.

Regarde comment je suis beau avec mon costume. Tu te souviens du vieux tailleur Yamanas de Patagonie, c'est lui qui me l'a fait. Avec le nœud papillon et tout et tout. Ça c'est la plus belle des fins. Une joueuse de guitare mystérieuse fait vibrer ses cordes, la musique est puissante. C'est l'histoire d'un vieux gaucho mort de n'avoir pas réussi à libérer l'ombre de son aimée. Mélancolique et vibrant à la fois. Les passants dansent et chantent. La rue grouille et Marianne s'avance.

En piste, avec ta robe rouge flamboyante, tu danses. Marianne, tu sublimes tout, personne ne peut rivaliser avec toi, avec tes jambes : longues, puissantes, féminines. En un éclair, je suis ton cavalier et ce soir il y a deux lunes au-dessus de Buenos-Aires. Regarde Adorno à tout va, saccadé par tes pas. Nous sommes beaux. Ton Planéo final, lent, sensuel, arrête le temps. Je veux me rappeler de ce moment toute ma vie, et même après. Dis-moi que tu es heureuse Marianne. Dis-moi que ça te fait plaisir la fin de notre film. Je suis ton gaucho et toi tu es ma Rose. Je suis ton amant, ton amour, ton mari, ton Max. Je ne lâche rien, je suis un phare immortel face à l'océan mer. Et toi Marianne, tu es ma deuxième Lune au-dessus de Buenos-Aires.

Silenzio. Plus de musique. Je te l'avais dit que je te l'écrirais cette fin, juste pour toi. Pour nous deux. C'est notre façon à nous de dire merde, de se venger de cette vie. La trouillarde, la chienne, elle n'a même pas eu le courage de nous affronter tous les deux, elle savait qu'ensemble on était trop forts. La lâche !

Qu'est-ce qui t'arrive mon amour ? Mais non j'suis pas fatigué, juste un peu essoufflé d'avoir tant dansé. Ça fait longtemps. Quoi, tu veux que je m'allonge ? Tu sais que tu vas me faire rougir si tu continues. Marianne, je crois qu'on n'est pas tout seul, regarde... Et puis ça fait un petit moment que toi et moi on n'a pas fait... tu sais, tu vois c'que j'veux dire. Ça se trouve je ne sais plus comment faire. Tu veux que je me déshabille, que je m'allonge ? Je ne comprends pas. D'accord, je ferme les yeux. D'accord, je recule. Mais oui, je te dis que je recule. Tout doucement. Ça y est, j'suis sous la couette.

C'est vrai que c'est sacrément douillet là-dedans. Marianne, qu'est-ce qui m'arrive ? J'ai l'impression d'être très fatigué. Qu'est-ce qu'il y a ? Tout va bien se passer. Marianne ? J'ai un peu peur tu sais. Tu me promets que tout va bien ? Que tu es heureuse ? J'suis ton Max tout de même. Marianne, tu voudrais bien me raconter la fin de l'histoire, tu sais, celle avec les deux lunes au-dessus de Buenos-Aires. Tu sais celle où tu danses un Passionado. Marianne...

MARIANNE : *Apparaissant lorsque Max est allongé dans le lit*

Moi, j'aime bien faire la toilette de Max. Mon moment préféré, c'est quand je lui nettoie les oreilles avec un coton tige humide et très chaud.

Du même auteur

Miroir d'un Mercredi Soir – Maisons-Laffitte – 2004

Un Prénom Nommé Bellou – Montesson – 2005

Poésie de la Côte Est – Australie – 2006

Jeune France – Paris – 2006

Carrer de Vasco – Espagne – 2007

Littoral & Deux Montagnes – Liban – 2008

Dernières Poésies – Roumanie – 2010

Marianne – Montreuil – 2016

Au Pays des Hommes Sérieux – Rennes – 2022